CUENTO DE LUZ

A Jèssica, nuestra niña del bosque, gracias por abrazarnos.
Te queremos, tu mamá y papá.

— Nívola Uyá y Marc Ayats —

Este libro está impreso sobre Papel de Piedra con el certificado de **Cradle to Cradle™** (plata).

Cradle to Cradle™, que en español significa «de la cuna a la cuna», es una de las certificaciones ecológicas más rigurosa que existen y premia a aquellos productos que han sido concebidos y diseñados de forma ecológicamente inteligente.

Cradle to Cradle™ reconoce que para la fabricación del Papel de Piedra se usan materiales seguros para el medio ambiente que han sido diseñados para su reutilización a través de su reciclado. La utilización de menos energía de forma muy eficiente, junto con la no necesidad de utilizar agua, árboles y cloro, fueron factores decisivos para conseguir el valioso certificado.

Un baño de bosque
© 2019 del texto: Nívola Uyá y Marc Ayats
© 2019 de las ilustraciones: Nívola Uyá
© 2019 Cuento de Luz SL
Calle Claveles, 10 | Urb. Monteclaro | Pozuelo de Alarcón | 28223 | Madrid | Spain
www.cuentodeluz.com
ISBN: 978-84-16733-57-6
Impreso en PRC por Shanghai Chenxi Printing Co., Ltd. agosto 2019, tirada número 1695-8

Nívola Uyá ✳ Marc Ayats

UN BAÑO
DE BOSQUE

Soy la niña del bosque.

Buceo entre hojas y raíces
y cuido de este lugar.

Sumergida en la floresta,
observo con curiosidad a los
caminantes que pasan por mi casa.

Todos reciben mi abrazo.

Desde la copa del roble siento
los pasos del señor Gris Sombra.

Camina triste y sin rumbo.
Le invade la soledad,
se siente pequeño,
quizás vacío.

El señor Gris Sombra necesita
un baño de bosque.

Cerca del arroyo veo venir a la señora Gris Plomo.
Camina asustada y temblorosa.
Un enorme peso le oprime el alma.

Me acerco y le ofrezco un baño de bosque.

Desde la madriguera del zorro escucho
la llegada del niño Gris Humo.
Camina nervioso, se mueve inquieto
y parece distraído.

—¿Te ocurre algo, pequeño? —le pregunto.
—Tomo muchos caminos y nunca llego a
ningún lugar —me contesta desmotivado.

Me acerco y le susurro:
—Tranquilo, mi niño, tómate un respiro
para un baño de bosque.

Si alguna vez te sientes Gris...

Relájate un instante, cierra los ojos
y deja que te llegue el olor antiguo
de la tierra.

Disfruta el sabor intenso
de las bayas silvestres.

Contempla el viaje de la luz
atravesando las hojas,
la sabiduría de las formas y el color
de las flores del bosque.

Escucha el mensaje secreto
de la abubilla y la danza serena
de las ramas con el viento.

Y recuerda...
sigue el camino del bosque.
Aquí te espero para abrazarte.

31192022264228